Nicola Berger

Mein Krabbelkäfer Bastelbuch

Mit Naturmaterialien

mit Illustrationen von Sandra Kretzmann

moses. Verlag GmbH
Arnoldstraße 13d
47906 Kempen
Fon 0 21 52 - 20 98 50
Fax 0 21 52 - 20 98 60
Mail info@moses-verlag.de
www.moses-verlag.de

ISBN 978-3-89777-672-2

Text: Nicola Berger
Illustrationen: Sandra Kretzmann
Fotos: Inken Kuntze-Osterwind
Layout, Typographie und Satz: Melanie Dahmen
Redaktion: Daniela Schönkes-Pasch, Karina Franzke
Herstellung: Jessica Stöhr

Printed in Denmark

Wir bedanken uns bei Anke Hahn und Michaela Berger für die Mithilfe bei den Bastelideen und bei unseren kleinen „Bastelkindern“ Lena Herriger und Johanna Osterwind.

Liebe Eltern,

kennen Sie noch das Gefühl, wenn Sie als Kind völlig in Ihrem Spiel versunken sind? Wenn ein paar einfache Dinge ausgereicht haben, um ein Spiel zu einem Erlebnis zu machen, an das Sie heute noch zurückdenken? Es sind eben diese Momente, die Kindheit ausmachen, es ist der Luxus von Zeit und Ungebundenheit, Sorglosigkeit und Freiheit. Jetzt können Sie zusammen mit Ihren Kindern noch einmal eintauchen in diese beinahe meditative Welt kindlichen Spiels. Und wo könnte man das besser tun als in der freien Natur? Dieses Bastelbuch soll Ihnen einige Anregungen geben. Verstehen Sie die Anleitungen nicht als Muss, sie sollen Ihnen lediglich Ideenanstöße bieten. Lassen Sie der kindlichen Kreativität so viel Freiraum wie möglich!

Die Basteleien aus diesem Buch bestehen größtenteils aus Material, das Sie in Wald und Garten finden – also nichts wie los in die Natur! Lassen Sie Ihre Kinder selber nach verschiedenen Schätzen suchen, oft haben Kinder eine ganz eigene Gabe, die tollsten Fundstücke aufzustöbern. Bleiben Sie so lange dort, wie Ihre Kinder wollen, und gönnen Sie sich den Luxus, einfach mal die Zeit zu vergessen!

Wir wünschen Ihnen viele kreative und wertvolle Stunden mit Ihren Kindern!

Bei den Basteleien benötigen die Kinder Ihre Hilfe. Bitte lassen Sie sie beim Umgang mit Heißkleber, Alleskleber, Nadeln und Schere, vor allem beim Umgang mit der Astschere, niemals unbeaufsichtigt. Erklären Sie Ihren Kindern vorab den sicheren Umgang mit diesen Werkzeugen und Materialien.

Süße Samenherzchen

Diese herzige Fensterdeko macht Lust auf Natur!

1. Zeichne ein Herz auf Pergamentpapier und schneide es aus. Mithilfe dieser Schablone zeichnest du nun drei Herzen auf den Fotokarton und schneidest sie aus.

2. Beklebe die Herzen mit den Samen. Du kannst sie in Gruppen, zu Mustern oder auch wild durcheinander aufkleben.

3. Klebe drei Herzchen mit etwas Abstand untereinander auf ein Bastband. Jetzt kannst du deine Deko aufhängen!

Material:

- verschiedene, möglichst bunte getrocknete Samen (zum Beispiel Mais, Bohnen, Blumensamen, Erbsen, Kürbissamen)
- Pergamentpapier
- Fotokarton in Rot
- Bastband
- Bleistift
- Schere
- Flüssigkleber

Liebe Eltern,
zeigen Sie Ihren Kindern, wie sie mit der Filznadel umgehen, ohne sich zu verletzen, und bleiben Sie immer dabei, wenn Ihre Kinder filzen. Wenn die Hände außerhalb und die Nadel innerhalb des Förmchens bleiben, können die Kinder sich nicht stechen. Achten Sie darauf, dass die Nadel nicht zu hoch aus dem Förmchen herausgeführt wird, sondern immer innerhalb des Förmchens bleibt.

Flauschige Filzblümchen

Wenn draußen die Blüten noch auf sich warten lassen, bringen diese süßen Blümchen schon ein wenig Frühlingsstimmung ins Haus.

1. Nutze das Brettchen als Unterlage. Lege den Schwamm darauf und das Förmchen auf den Schwamm.

2. Nimm eine Hand voll Märchenwolle und stopfe sie in das Förmchen. Dieses sollte randvoll sein. Jetzt stichst du mit der Filznadel in die Wolle und verfilzt sie so. Das machst du, bis die Wolle recht fest ist und die Blumenform angenommen hat. Filze dabei auch immer wieder den Blumenumriss außen nach, damit man die Form nachher gut erkennen kann. Nimm die Wolle aus der Form, drehe sie um und lege sie wieder hinein. Filze auch die Rückseite deiner Blume fest.

3. Wähle eine zweite Farbe der Märchenwolle, zupfe zwei kleine Mengen ab, zwirbel sie zu kleinen Kugeln und lege eine Kugel in die Mitte deiner Blume. Filze sie fest. Drehe deine Blume um und filze die andere Kugel in die Mitte. Löse die Blume aus der Form.

4. Stelle auf diese Weise viele verschiedenfarbige Blümchen her. Ziehe ein Stück Garn durch die Blüten und knote es fest. Jetzt kannst du deine Blumen aufhängen.

Material:

- ein Frühstücksbrettchen
- ein Schwamm
- ein Ausstechförmchen in Blumenform
- Märchenwolle in verschiedenen Farben
- eine Filznadel
- Nadel und Garn

Hallo, Welt!

Dieser putzige kleine Kerl ist gerade geschlüpft!

1. Schlag das Ei vorsichtig auf, säubere die beiden Hälften der Schale und lass sie trocknen. Bestreiche erst die Innenseiten der Eierschale mit Kleber. Fülle Dekosand hinein und bewege ihn hin und her, so dass das gesamte Innere mit Sand bedeckt ist. Schütte den übrigen Sand aus. Nun bestreichst du die Außenseiten des Eis mit Kleber und wälzt beide Seiten der Schale darin, bis die gesamte Schale mit Sand bedeckt ist. Lass die Eierschale gut trocknen.

2. Forme aus dem Ostergras ein Nest und ein Bällchen aus der Märchenwolle. Dies ist dein Küken.

3. Zeichne zwei Augen auf den weißen und einen Schnabel auf den orangefarbenen Fotokarton. Schneide alles aus. Male mit dem Filzstift Pupillen auf die Augen und knicke den Schnabel in der Mitte. Klebe Augen und Schnabel auf dein Küken.

4. Setze die beiden Eierschalenhälften in das Nest und dein Küken in die untere Hälfte der Eierschale.

Material:

- ein Ei
- farbiger Dekosand
- Ostergras
- Märchenwolle in Gelb
- Fotokarton in Weiß und Orange
- Bleistift
- Filzstift in Schwarz
- Schere
- Flüssigkleber

Hüpfe-Spinne

Diese Spinne ist garantiert kein bisschen eklig!

1. Steche mit dem Spieß oben und unten je ein Loch in das Ei und blase es aus. Wasche es anschließend aus und lass es trocknen.

2. Bemale dein Ei mit den Bastelfarben. Du kannst deine Spinne gestalten, wie sie dir gefällt. Punkte stehen ihr gut, aber auch Streifen oder ein anderes Muster. Lass das Ei anschließend trocknen.

3. Biege die Pfeifenputzer zu Spinnenbeinen und klebe sie mit dem Heißkleber unten an das Ei.

4. Klebe nun noch die Wackelaugen auf und male der Spinne schwarze Klauen.

Material:

- ein Ei
- vier Pfeifenputzer
- zwei Wackelaugen
- ein Metallspieß
- Filzstift in Schwarz
- Bastelfarben
- Pinsel
- Heißkleber

Krabbelkäfer-Familie

Jetzt geht das Krabbeln los!

1. Wasche deine Steine und lass sie gut trocknen.

2. Jetzt kannst du sie nach Herzenslust anmalen. Für Marienkäfer malst du den Stein zunächst rot an, ein Ende wird schwarz, das ist der Kopf. Jetzt fehlt noch ein Strich auf dem Rücken und natürlich die schwarzen Punkte, ohne die ein Marienkäfer einfach kein Marienkäfer ist. Dann noch zwei kleine weiße Punkte und ein Strich als Augen und Mund – fertig! Natürlich kannst du deine ganz eigenen Käfer gestalten, ob blaue Käfer mit weißen Streifen oder weiße Käfer mit bunten Punkten – deiner Fantasie sind keine Grenzen gesetzt.

3. Leg deine Käferfamilie nach dem Trocknen auf ein Bett aus Moos und mach ihnen ihr neues Zuhause mit Gräsern, Blüten oder ähnlichem so richtig gemütlich!

Material:

- viele Kieselsteine
- Moos, Gräser, Blüten, Zweige
- Acrylfarbe
- Pinsel

TIPP

Eine einfachere Variante, die sich für Blütendolden gut eignet: den Stängel einer Blütendolde mit einem Küchenmesser ein Stück einritzen. Dort den Stängel der nächsten Dolde hindurchstecken und so weiter. Am Schluss noch den Stängel der letzten Dolde mit der ersten Dolde verknoten und fertig! Deine Eltern sollten dir beim Blumenbinden helfen.

Für kleine Blumenfeen

Aus Wiesenblumen kannst du dir die allerschönsten Blumenkränze knüpfen!

1. Pflücke möglichst viele schöne Blümchen mit langem Stiel und mehrere Büschel Gras, das mindestens 20 cm lang ist.

2. Nimm ein Grasbüschel in die Hand. Zehn Zentimeter oberhalb des unteren Endes knickst du etwa die Hälfte der Grashalme im rechten Winkel ab. Wickle die abgeknickten Halme nach unten hin (in die Richtung, in der das Büschel dicker ist) fest um das Grasbüschel. Dabei bindest du immer wieder einige deiner Wiesenblumen mit ein und umwickelst ihre Stängel mit.

3. Ist das Büschel, mit dem du wickelst, nur noch etwa vier Zentimeter lang, dann legst du die Büschel zusammen, nimmst einen neuen Büschel, legst ihn an, knickst ihn wieder ca. zehn Zentimeter oberhalb des Endes rechtwinklig ab und wickelst weiter, wobei du immer wieder Blümchen mit einwickelst. So entsteht nach und nach ein fester Blumenkranz.

4. Wenn der Kranz so groß ist, dass er gut auf deinen Kopf passt, legst du die Büschel der beiden Enden übereinander und umwickelst sie wie gehabt. Verknote die Enden nun noch vorsichtig – und fertig!

Material:

- eine Blumenwiese mit bunten Wiesenblumen und langem Gras

Schnecken-Kette

Für Sonnenkönige und Sommerprinzessinnen!

1 Lass deine Eltern mit der Nadel Löcher in die Schneckenhäuser bohren.

2 Male die Schneckenhäuser an. Wähle dazu mehrere Farben für ein Schneckenhaus. Bemale sie erst in einer Grundfarbe und tupfe dann die zweite Farbe darüber. Wenn die Farben noch feucht sind, verlaufen sie zu schönen Mustern. Du kannst entweder Farben wählen, die miteinander harmonieren, oder auch solche, die schöne Kontraste zueinander bilden. Lass deine Schneckenhäuser gut trocknen!

3 Miss großzügig ein Stück Wolle ab, das als Kette um deinen Hals passt, und schneide es ab. Fädle die Wolle in die Nadel. Jetzt fädelst du deine Schneckenhäuser auf. Löse die Nadel und knote die Enden deiner Kette zusammen.

Material:

- Schneckenhäuser
- Wolle
- Sticknadel
- Acrylfarbe
- Pinsel
- Schere

TIPP

Hast du keinen Garten oder keinen Baum in deinem Garten, dann sieht das Feenhäuschen auch in deinem Zimmer süß aus! Aber Achtung, Feen können ganz schön laut schnarchen!

Wo kleine Feen und Kobolde wohnen

Verwandle einen Baum im Garten in ein Feenhaus! Vielleicht zieht ja bald ein kleiner Kobold ein …

1. Zeichne die Form einer Tür auf die Rückseite deiner Baumrinde. Schneide die Tür vorsichtig mit einer Schere aus.

2. Bemale die Außenseite deiner Feentür mit Acrylfarben und lass sie gut trocknen. Wenn du magst, kannst du auch deine Fundstücke anmalen.

3. Klebe den Fruchtbecher der Eichel als Türknauf auf und verziere die Tür mit deinen Wald- und Gartenschätzen.

4. Suche einen Baum im Garten und binde deine Feentür mit dem Nylonfaden an den Stamm. Jetzt kannst du noch ein bisschen Moos vor den Eingang legen, denn Moos haben Feen besonders gerne!

Material:

- ein Stück Baumrinde
- den Fruchtbecher einer Eichel
- Samenkapseln, Samen, kleine Wald- und Gartenfundstücke zum Verzieren
- Moos
- Nylonfaden
- wasserfeste Acrylfarben
- Pinsel
- Bleistift
- Schere
- Heißkleber

Blühende Schmetterlinge

Hol dir den Sommer ins Haus!

1. Lege die Blüten zwischen zwei Blätter Papier und presse sie zwischen zwei schweren Büchern, bis sie ganz trocken sind. Das kann einige Tage dauern!

2. Zeichne einen Schmetterling auf das Pergamentpapier. Male ihn mit den Filzstiften aus.

3. Klebe die getrockneten Blüten als Muster auf die Schmetterlingsflügel.

4. Anschließend hängst du deinen Schmetterling mit kleinen Streifen Klebefilm an ein Fenster. Besonders schön sieht dein Fensterbild aus, wenn die Sonne hindurchscheint!

Material:

- bunte Blüten
- einige Bögen Papier und schwere Bücher zum Pressen
- einige Bögen Pergamentpapier
- Bleistift
- Filzstifte
- Flüssigkleber
- Klebestreifen

JAXON
JAXON
JAXON

Waldbilder

So kommt der Wald zu dir nach Hause!

1. Lege das weiße Papier auf die Baumrinde und reibe mit einem braunen Wachsmalstift über die Oberfläche. So entsteht ein tolles Muster, das aussieht wie ein echter Baumstamm. Übertrage die Vorlage für den Stamm auf die bemalte Fläche und schneide ihn aus.

2. Pause auf die gleiche Weise mit grünem Wachsmalstift die kleinen Blätter durch und schneide sie aus.

3. Klebe deinen Baumstamm auf den Fotokarton und deine Blätter als Baumkrone darüber. Jetzt kannst du dein Bild noch mit den kleinen Ästen, Zapfen und anderen Waldschätzen verzieren, die du mit Heißkleber befestigst.

Material:

- Baumrinde
- kleine Blätter
- kleine Äste, Zapfen, Waldfundstücke
- Papier
- Fotokarton in Blau
- Wachsmalstifte
- Bleistift
- Schere
- Kleber
- Heißkleber

Bienchen und Blümchen

Summ, summ, summ – dieses kleine Bienchen macht sich prima als Blumenstecker.

1. Male die Walnuss gelb an, dann malst du schwarze Streifen und ein Bienchen-Gesicht darauf.
2. Klebe die beiden Hälften der Pistazienschale als Flügel und die zwei Ästchen als Fühler auf das Bienchen.
3. Klebe die Biene mit viel Heißkleber auf das Stöckchen. Am besten trägst du den Heißkleber großzügig auf, lässt ihn kurz etwas fest werden und drehst das Stöckchen dann in die Klebmasse hinein. Fixiere das Ganze mit einer weiteren Schicht Kleber.
4. Ist der Kleber getrocknet, kannst du dein Bienchen in einen Blumentopf oder ins Beet stecken.

Material:

- eine Walnuss
- eine Pistazie
- zwei dünne Zweige
- ein Stöckchen
- Filzstifte in Gelb und Schwarz
- Heißkleber

Buntes Sommerlicht

Wunderschön für lange Sommerabende!

1. Lege die Blüten zwischen zwei Blätter Papier und presse sie zwischen zwei schweren Büchern, bis sie ganz trocken sind. Das kann einige Tage dauern!

2. Reinige das Glas und trockne es ab.

3. Klebe die Blüten nach Lust und Laune auf das Glas. Knote das Band um das Glas und binde eine Schleife.

4. Fülle zuerst Sand und dann einige Beeren in das Glas. Stelle ein Teelicht hinein und bitte einen Erwachsenen, es anzuzünden!

Material:

- bunte Blüten
- getrocknete Beeren
- ein Marmeladenglas
- ein hübsches Band
- Sand oder bunter Dekosand
- schwere Bücher und Papier zum Pressen
- Alleskleber
- ein Teelicht

Bitte lächeln!

Das werden tolle Sommerfotos!

1. Kürze die Stöcke auf die gleiche Länge. Lege sie zu einem Quadrat zusammen und umwickle die Ecken über Kreuz mit Bast. Knote den Bast fest.

2. Binde die Blumen mit buntem Bast an den Rahmen, je mehr, desto schöner sieht dein Blumenrahmen aus!

3. Halte den Rahmen fest und schau hindurch, während jemand ein Foto von dir macht. Dabei sagst du: „Ameiiiiiiiiise!"

Material:

- vier möglichst gerade, gleich dicke Stöcke
- Blumen
- Bast in verschiedenen Farben
- Schere
- Astschere
- Fotoapparat

Witzige Schneckenstöcke

Echte Hingucker für`s Blumenbeet!

1. Male die Schneckenhäuser mit der Acrylfarbe an und lass sie gut trocknen.

2. Umwickle die Zweige mit den Bastfäden. Wähle dazu verschiedene Farben, schneide davon je einen Strang ab und knote die Stränge an einem Ende des Zweigs fest. Jetzt wickelst du entweder alle Stränge gleichzeitig, über Kreuz oder auch abwechselnd um den Zweig. Dazu wickelst du eine Farbe um den Zweig und die anderen Basstränge und tauschst nach einer Weile. Knote die Stränge unten fest.

3. Klebe die Schneckenhäuser auf die Stöcke.

4. Stecke die Stöcke in die Erde. Besonders schön sehen sie aus, wenn du viele bunte Schneckenstöcke bastelst und sie in Gruppen aufstellst.

Material:

- Schneckenhäuser
- einige Zweige
- bunter Bast
- wasserfeste Acrylfarbe
- Pinsel
- Heißkleber

Kunterbuntes Holzhäuschen

Bringst du gerne Stöcke von Waldspaziergängen mit nach Hause? Schau doch mal in deiner Sammlung, ob du nicht ein paar dünne Stöcke für diese tolle Bastelidee findest!

1. Schneide die Stöckchen so zurecht, dass du etwa acht gleich lange Stücke erhältst. Die Stücke sollten 15-20 cm lang sein. Befreie sie von Rinde und Verästelungen, wasche sie und lass sie trocknen.

2. Lege die Stöcke nun zu einem Haus zusammen. Passt alles gut, kannst du die Stöcke bemalen.

3. Wenn sie getrocknet sind, klebst du die Stöcke zum Häuschen zusammen.

Material:

- Stöckchen
- Acrylfarbe
- Pinsel
- Astschere
- Heißkleber

Tante Grete und Onkel Theo

Wenn diese runzligen Verwandten zu Besuch kommen, freuen sich alle!

1. Zwei halbe Walnussschalen sind die Füße deiner neuen Verwandten. Klebe sie unter den Kartoffeln fest, so dass Tante Grete und Onkel Theo stehen können.

2. Und jetzt lass deiner Fantasie freien Lauf! Eine Walnussschalenhälfte als schicke Kopfbedeckung, Bucheckernkapseln als Haarschopf, Bohnen als Mund, Pistazienschalen als Ohren oder Erbsen als Nasen. Tante Grete freut sich auch über eine Perlenkette aus weißen Bohnen und Onkel Theo mag Sonnenblumenkernkrawatten besonders!

Material:

- Kartoffeln, am besten so richtig schöne Rumpelknollen
- Walnussschalen, Erdnussschalen, Bucheckern, Pistazienschalen, Bohnen, Reis, Erbsen, Bohnen und was du in Garten, Wald und Küche so alles findest
- Heißkleber

Achtung, Räuber!

Komm mit in den Räuberwald!

1. Öffne den Bilderrahmen und male einen Waldhintergrund auf die Hinterwand.

2. Male ein Räubergesicht auf deine Eichel. Die Holz- oder Baumrindenstücke schneidest du gegebenenfalls so zurecht, dass sie in den Rahmen passen. Male nun grüne Baumwipfel darauf. Lass alles gut trocknen.

3. Klebe deine Bäume, den Räuber und größere Waldfundstücke auf den Hintergrund. Fülle die kleinen Steine, Äste, Kastanien und was du sonst noch so gefunden hast in den Rahmen.

4. Verschließe den Rahmen und stelle ihn vorsichtig auf! Vielleicht musst du den Inhalt noch ein paarmal zurechtrücken, bis alles so aussieht, wie du es dir vorstellst.

Material:

- eine Eichel
- einige flache, schmale Holz- oder Baumrindenstücke
- viele kleine Steine, Äste, Kastanien, getrocknete Blätter, Waldfundstücke
- ein tiefer Bilderrahmen
- Acrylfarbe
- Pinsel
- Schere
- Alleskleber

Waldmonster

Jetzt wird es wild!

1. Deiner Fantasie sind keine Grenzen gesetzt. Lege deine Blätter zu einem wilden Monster zusammen, das kann zum Beispiel ein gefährliches Schlangenmonster, ein runzeliges Waldmonster oder ein süßes, kleines Monster mit vier Armen sein.

2. Schenk deinem Monster ein Gesicht, zum Beispiel gefährliche Zähne aus Steinen, Kastanienaugen, eine Eichelnase oder wilde Haare aus Ästen.

Material:

- Blätter
- Kastanien, Eicheln, Stöcke, Steine, ...

Liebe Eltern,
diese Idee eignet sich wunderbar, um der Fantasie einmal freien Lauf zu lassen. Leiten Sie so wenig wie möglich an und lassen Sie Ihre Kinder die Materialien für Ihre Monster selber aussuchen und sammeln. Beobachten Sie, wie die Kinder in ihrer Aufgabe versinken!

Kriechende Steinschlange

Keine Angst – sie ist überhaupt nicht giftig!

1. Bemale die Steine in Schlangenfarben. Natürlich kannst du auch eine bunte Fantasieschlange machen. Lass die Steine gut trocknen.

2. Klebe die Steine hintereinander auf das Band.

3. Male mit dem Filzstift noch ein Schlangenmuster und ein Gesicht auf die Steine.

4. Befestige ein Stück Bast vorne am Band. Jetzt kannst du deine Schlange über den Boden oder einen Tisch kriechen lassen.

Material:

- Steine
- ein Stück Band
- Bast
- Acrylfarbe
- Pinsel
- Filzstift in Schwarz
- Schere
- Heißkleber

Meine kleine Schnecke

Diese kleine Schnecke ist kinderleicht … und garantiert kein bisschen schleimig!

1. Zeichne eine Schnecke auf den Fotokarton und eine Spirale in das Schneckenhaus.

2. Fahre die Konturen des Schneckenhauses mit dem Alleskleber nach. Streue Leinsamen auf die Spur, bis sie komplett bedeckt ist. Schütte den Rest der Leinsamen herunter. Trage den Alleskleber nun in den Zwischenräumen auf, streue die Linsen darauf, bis alles bedeckt ist, und schütte den Rest wieder herunter.

3. Halbiere eine rote Bohne mit der Schere und klebe sie als Auge auf. Klebe eine weitere rote Bohne als Mund auf. Trage den Kleber auf den Körper der Schnecke auf und streue weiße Bohnen darauf. Nun klebst du noch zwei kleine Ästchen als Fühler auf und setzt zwei Maiskörner auf die Spitzen – fertig!

Material:

- Leinsamen
- rote Linsen
- rote Bohnen
- weiße Bohnen
- zwei dünne Ästchen
- Mais
- Fotokarton in Grün
- Bleistift
- Schere
- Alleskleber

Witzige Waldmännchen

Wer kommt denn da aus dem Wald?

1. Bemale die Zapfen mit Acrylfarbe und lass sie gut trocknen.
2. Male mit Filzstift ein Gesicht auf die Eicheln.
3. Klebe die Eicheln auf die Zapfen.
4. Schneide bunte Streifen aus den Stoffresten und klebe sie deinen Männchen als Schal um den Hals.
5. Knote Nylonfäden um den Hals der Männchen. Jetzt kannst du die witzigen kleinen Kerle an den Nylonfäden aufhängen.

Material:

- Zapfen
- Eicheln
- Stoffreste
- Nylonfaden
- Acrylfarben
- Pinsel
- Filzstift in Schwarz
- Schere
- Heißkleber

Kleiner Badewannenpirat

Alles fertig machen zum Entern!

1. Male mit den Filzstiften ein Piratengesicht auf die Erdnuss.
2. Klebe deinen Piraten in die Walnussschale.
3. Halbiere den Zahnstocher und klebe die Kürbiskerne an die Enden. Dies sind deine Ruder. Klebe sie auf das Nussschalenboot!
4. Beim nächsten Bad kannst du deinen Mini-Piraten mitnehmen! Alle Mann an Bord!

Material:

- eine Erdnuss
- eine Walnussschalenhälfte
- zwei Kürbiskerne
- ein Zahnstocher
- Filzstifte
- Schere
- Heißkleber

Schneemann-Scholle

Brrr ... ist das kalt!

1. Bemale die Baumrinde, die Korken und Eicheln mit weißer und die Fruchtbecher der Eicheln mit schwarzer Acrylfarbe und lass sie gut trocknen.

2. Wenn alles getrocknet ist, malst du auf die Eicheln mit Filzstiften ein Schneemanngesicht, am besten mit einer orangefarbenen Karottennase. Auf die Korken malst du schwarze Knöpfe. Klebe die Eicheln auf die Korken.

3. Schneide viele kurze Stücke vom Bast ab. Fasse einige Stücke zusammen, knicke sie mittig und knote sie mit einem weiteren Stück Bast fest. Kürze die Borsten auf eine Länge und stecke sie auf den Zahnstocher. Dies ist der Besen für deinen Schneemann. Stelle für jeden deiner Schneemänner einen Besen her und klebe sie an!

4. Jetzt musst du deine Schneemänner nur noch in ihre Schneelandschaft aus weißer Baumrinde setzen – fertig!

Material:

- ein Stück Rinde
- Eicheln mit Fruchtbecher
- Korken
- Bast in Natur
- Zahnstocher
- Acrylfarbe in Weiß und Schwarz
- Pinsel
- Filzstifte
- Heißkleber

Mini-Eisskulpturen

Diese Idee eignet sich für eiskalte Wintertage mit Minustemperaturen.

1. Fülle bis zum Rand Wasser in die Formen.

2. Schneide etwa 15 cm lange Stücke vom Bastband ab. Lege die beiden Enden so in die Formen, dass der Bast eine Schlaufe bildet. Nun legst du die Eiswürfelbereiter in die Tiefkühltruhe. Achte darauf, dass die Schlaufen nicht verrutscht sind und die Enden im Wasser liegen.

3. Jetzt heißt es warten. Schau am nächsten Tag nach, ob alles gefroren ist. Löse deine Eisskulpturen aus der Form und hänge sie draußen an einem Busch auf! Solange es frostig ist, wirst du dich an deinen Eisskulpturen erfreuen können. Und wenn sie schmelzen, dann ist der Frühling nicht mehr weit!

Material:

- Wasser
- Eiswürfelbehälter mit hübschen Formen, alternativ eignen sich auch Sandförmchen
- bunter Bast
- Schere